KB188111

당신의 마음속으로 떠나는 여행

글·그림 최혜원

당신의 마음속으로
떠나는 여행

저자: 최혜원

그림이나 글쓰기를 좋아해서
욕심이 너무 많다.

그래서 사람들 간의 관계에
있어서 원활하지도 못하고

소통할 수 있는 길은
오직 그림과 글뿐이라고
생각했다.

Instagram @hye_won_choi_

누구나 살아가면서

10대
20대
30대
40대
50대
60대
70대
…

처음이다.

사람은 한번 태어났으면 어떻게 인생을 사느냐,
만약 죽어서 다시 태어난다고 하더라도
똑같은 삶을 살고 싶다는 마음이 생기느냐에 따라

사람의 혹은 자신의 삶이 바뀔 수 있다.

그러니
너무 걱정하지도
불안해하지도
말고,

남은 인생을
어떻게 슬기롭고
즐겁게 보낼까에

중점을 둬서
오늘, **지금 당장 행동**으로 실천해 보도록 하자!

목차

part 2

눈물을 닦고

part 3

도대체, 사랑

part 4

마음 읽기

Part 1

삶의 의미

너와 나의 존재

나는 누구인가?

나는 누구인가?
"Who am I?"
끊임없이 자신에게 물어야 한다.

생각하고 느끼고 가치를 찾아
나에게,
다독여 주자.

오늘 하루도 고생했다고
나! 있잖아?
지금처럼만 잘 성장하고 있다고 말이다.

혹은 자신의 삶에
주인이 되어야 한다.

My Life
Who am I ?

나라는 존재

나라는 존재는
어쩌면 고귀한 빛일지도 몰라.

이렇게 주문을 걸어 보자.

왜, 옛날부터 말이 있지 않은가?
원석에서 보석으로,
진흙에서 멋진 조각품으로
흙탕물에서 발견된 조개의
하얀 진주알처럼

이처럼 나라는 소중한 존재는
이 세상에 한번 태어나
다시 자연으로 돌아간다고 해도

똑같은 삶을 살고 싶다는
마음으로
나, 너, 우리가 모두 소중하듯

그렇게 자신에게 예쁜 귀걸이, 구두, 가방, 옷을
선물해 주자.

한번 태어난 인생

문득 새벽 네 시,
온갖 몸부림을 치고,

눈을 감아 봐도
앞은 어두운 배경에
내일은 뭐 하지?

무슨 옷을 입고 가지?
또 다른 삶을 살아가는 건지,

혹은 나이가 들어 가며
나의 시간은 거꾸로 흘러가는 건지

그렇게 온갖 생각으로 아침에 눈을 뜨며
따스한 햇볕을 맞이한다.

매번 똑같은 일상에
조금은 지쳐 가지만

오늘도 힘을 내며

살아가 보도록 하자고 굳게 다짐해 본다.

내 가족과 친구들을 생각하며 말이다.

자신을 상품화하라

나는 어릴 적부터 미술을 좋아해서
지금은 그림과 글을 쓰는 교육자 겸 화가가 됐다.

학교에 다닐 때부터 들었던 말 중 하나가
"그림 그리면서 뭐 먹고 살래?"

하지만, 나는 좋아하고 내 적성에
맞는 일을 찾았기에 내 꿈에
다가간다는 것만으로도
매우 설렜고 행복했다.

정말 자신이 좋아하는 것,
싫어하는 것이 무엇인지
확실히 알게 됐을 때

그것은 매우 큰 가치를
가지고 있다고 생각한다.

그리고 요즘 너무나 많은
SNS 정보들이 넘쳐 흐르고 있다.

이러한 소셜네트워크 속에서
자신을 상품화하고

특히, 그림 그리는 화가는
나의 작품 혹은 상품을 SNS를 통해
활용할 줄 알아야 한다.

꿈을 향해

나의 어릴 적 꿈,

이루지 못한 꿈을 향해

달려가 보자.

지금이라도 당장 행동으로 옮겨 보자.

아니면 늘 생각하고 기록해 두자.

그리고 자신에게 최면을 걸어 보자.

"나는 할 수 있다!"

"나는 내가 원하는 걸 얻을 수 있다."라고…….

칼보다 펜이 강하다

칼보다 펜이 강하다.
주변에서 많이 듣는 말 중 하나다.

요즘 글쟁이가 되면서
더 마음에 와닿는 말이다.

강연이나 누군가 중요한 말을 하면
적는 습관이 생겨서

이 원고도 수기로 쓰고
컴퓨터로 옮겼다.

나는 펜, 특히 연필(4B)이 좋다.

왜냐하면,
엄청난 '잠재력'을 가지고 있기 때문이다.

너의 의미

너라는
혹은 당신이라는 존재

너무나 소중하다.
이 세상에 태어나게 해 주신 부모님

형제, 자매, 가족들…….

주변 분들과 함께한
인연 또한 감사하다.

인생은 타이밍

인생도 사랑도 결혼도
모든 게 타이밍이
중요한 거 같다.

누구에게나 꽃이 필 시기는 온다.
그러니 너무 조급해하지 말고
천천히 묵묵히
지금 일에 최선을 다해 보자!

지금 당장 행동으로 옮기자!!

당신의 열정

당신이 하고 싶은 것
당신이 원하는 것
당신이 해야 할 것

당신의 심장을 뛰게 해 줄
일을 찾아라!

그리고 그 일을 통해
성취감과 행복감을 느껴라.

그러면 너의 인생이
바뀔 것이다.

케세라세라 (어떻게든 되겠지)

너무 걱정하지 마,
괜찮아,
다 잘될 거야.

너무 걱정하지 마.
괜찮아,

이제껏 잘해 왔어.

지금처럼 하나씩
천천히 해결하면 돼.

대화의 기본 원칙

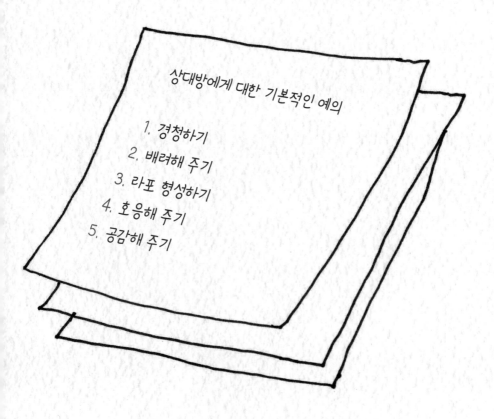

상대방에게 대한 기본적인 예의

1. 경청하기
2. 배려해 주기
3. 라포 형성하기
4. 호응해 주기
5. 공감해 주기

선택과 집중

모든 인생은
선택과 집중 때문에
운명이 바뀐다.

순간의 판단으로 인해
기쁠 수도, 슬플 수도 있다.

그러니 순간 판단을 신중히
하도록 하자.

그러면 너의 현재와 미래에
아주 큰 변화가 일어날 것이다.

나와의 싸움

모든 일에 있어서
'나', '자신'과의 싸움에서
이겨내야 한다.

물론 살다 보면 수많은 유혹이 많지만,
그 유혹들에 신경을 쓰지 말고

몰입하는 습관을 길러
보도록 하자!

지금 당장!

Right Now!

소소한 행복

~~~

우리의 일상 속에서
소소한 행복이 있다.

그건 바로,
사랑하는 사람들과
함께 보내는 시간이다.

그 시간은 **몇 억, 몇 조**의 돈으로도
가치를 측정할 수가 없다.

너와 나, 그리고 우리

집과 학교만 오가며 공부만 하던 10대,
대학교에 들어가 친구들과 놀던 20대,
어느덧 직업을 갖고 직장인이 된 30대,

이렇게 너와 나 그리고 우리는
같은 21세기에서 살아가고 있어.

집착하는 관계

서로 사랑은 하되,

집착은 버리자.

서로 사랑은 하되,

상처는 주지 말자.

서로 사랑하되,

진심으로 사랑하자.

절대로 변하지 않는 것

세 살 버릇 여든까지 간다는 말처럼,
제일 무서운 게 **'습관'**이다.

왜냐하면, 평소의 '말투', '행동', '생각'들이
습관이 돼서
그 사람의 인품으로 나오기 때문이다.

그러니 조심하자.

최고의 복수

최고의 복수는
다른 사람이 잘되는 꼴을
못 보는 '시기', '질투'가 아니라

나 자신을 먼저 사랑하고
아끼고 행복해야 한다고

생각해.

사람을 변하게 만드는 것들

질투와 시기심으로 가득한
적에게 "미운 놈 떡 하나 더 준다."라는 말처럼
그 사람에게 친절과 호의를 베풀면

나중에 돌고 돌아
나한테 오기 마련이야.

그러니 상대방을 의심만 하지 말고,
진심으로 그 사람에게 대하자.

카르페디엠(지금 이 순간에 충실해라)

지금 현재 주어진 시간에
충실하자.

그러면 1분, 3분, 5분이 모여
너의 인생에

큰 변화와 '가치', '행운'을 가져다줄 거니까.

이것 또한 지나가리라

이 역경을 견뎌내면
더욱 성장할 수 있다.

이 시간 또한 지나가리라.

이 슬픔을 견뎌내면
웃을 일들이 일어날 것이다.

이것 또한 지나가리라.

나무의 뿌리

우리의 '자아'는
큰 나무 한 그루로 이루어져 있어.

그 나무에 땅속 깊이
자리 잡고 있는
'뇌'가 있지.

'심장', '뇌'
정말 없어서는 안 될
중요한 아이들이지.

오래 보아야 예쁘다

시간이 지날수록
권태기가 오고
무뎌지는 관계가 있지만,

시간이 지날수록
더욱 깊어지고
돈독해지는 관계가 있다.

당신은 전자인가, 후자인가?

말을 아끼는 이유

알고 있어도 모른 척
모르고 있어도 아는 척

이렇게 우리는 관계라는
밧줄 때문에
말을 점점 아끼게 된다.

한 끗 차이

오늘은 무슨 일을 하지?
아니, 왜 저 사람이 나한테?

네가 뭔데 이런 말을 나한테 하는 거야??

부정적으로 생각하거나,
사람을 한번 의심하기 시작하면
끝이 없다.

그러니
긍정적으로
"아, 그럴 수도 있지."라고
생각과 마음을 전환해 보는 건 어떨까?

Part 2

눈물에를 담고

괜찮아, 울지 마

괜찮아, 다 잘될 거야

괜찮아,
괜찮아,
너무 걱정하지 마.

너라는 의미는 충분히 가치 있고,
이 세상에 태어나
소중한 사람이야.

괜찮아,
괜찮아,
너무 걱정하지 마.

노력은 배반하지 않고,
바람이 불면 다시
해 뜰 날이 있고

너라는 꽃은 꼭 피게 돼 있어.

관계 속 상처

아무리 노력해도 관계가
회복이 안 될 때,

서로의 작은 오해가 시작돼서
더 큰 상처로 변질할 때,

1년, 2년, 3년, 4년….
오랫동안 관계를 지속한다고 해서
더 깊이 속마음을 털어놓지 못할 때

아픈 곳이 있어도
솔직하게 다 말 못 할 때

요즘 같은 시대에
나이가 들어갈수록 더욱
대인 관계가 힘이 들어
포기할 때가 많다.

무기력함

한여름 날씨가 너무 더워
불쾌지수가 올라갈 때,

내가 계획하고 노력했던 일들이
다 무용지물이 됐을 때,

아파서 약을 먹었는데도
증상이 완화되지 않을 때,

부모님, 혹은 친구, 가족들에게
정성을 쏟는다고 진심으로 대했는데

돌아오는 건 뾰족한 화살뿐일 때,
정말 심장이 아프다.

불안함

~~~~~~

내가 사랑했던 사람,
내가 아끼고 믿었던 사람이
다른 사람을 마음에 품었을 때,

내가 정말 잘하고 있는지
선택한 이 길이 맞는지
잘 모르고 실패할까 봐 두려울 때,

가족들보다 혹은 친구들보다
'나'보다 '우리', '당신'을 걱정만 하다가
정작 생각만 하고 행동으로는 못 옮길 때,

이 모든 것들이 다시 원점으로
도돌이표처럼 됐을 때,

나는 불안해….

초조, 긴장감

믿었던 사람이
나를 배반하고 등을 돌렸을 때,

사랑하는 사람이
다른 사람을 마음에 품었을 때,

친한 친구와 함께
대화하는 도중에
친구는 대화에 집중 안 하고
카톡만 확인할 때,

나에게 마음이 없나 보다
관심이 없나 보다

초조하고 불안해.

우울함

사랑하는 사람을 만나러
드디어 약속 날,

예쁜 옷을 입고
예쁜 구두를 신고
예쁜 머리를 하고
화장까지 다 했는데

바쁘다며,
미안하다고,
약속을 취소했을 때,

혹은 비가 주룩주룩 내릴 때,
음식이 기대한 만큼 맛이 없을 때,
우울해.

박탈감

상대적으로
남과 비교당했을 때,
경쟁 사회에서
전쟁 같은 삶 속에서

어쩔 수 없이
살아남기 위해

돈, 권력, 명예가 필요할 때

약간의 허무함과 박탈감이
느껴져.

포기

모든 걸 포기하고
일에만 오직
집중하며 나름대로
열심히 살아왔는데,

코로나19라는 질병 때문에
건강, 돈, 명예, 가족, 친구와의 관계가

한순간에 다 물거품이 됐을 때,

정말 이 세상 살기가 싫다.

코로나 블루

코로나19와
우울감(Blue)의
합성어

감염될 수 있다는 생각에

두려움과
무기력을
느끼는 단계

코로나 레드

코로나 블루의
단계를 넘어

우울과 불안의
증상이 분노로

폭발하는 상태

코로나 블랙

코로나 레드의
단계를 넘어

좌절, 절망, 암담함까지
느끼는 상태

우울, 불안, 대인기피증 등의
심리적 증상

위장 장애, 수면 장애
신체적 증상이 나타나는 상태

코로나19 극복방법

1. 지나친 걱정 줄이기
   - 가짜뉴스에 대해 스트레스 받지 않기

2. SNS 및 전화로 지인들과 연락하기
   - 가족, 친구들과 소통하며 우울감 해소하기

3. 신체 활동량 늘리기
   - 야외에서 사람 간 간격을 2m씩 유지하며 조깅이나 홈 트레이닝 하기

4. 심리 상담 및 전문가의 도움 받기
   - 우울 증상이 심해질 때는 심리 상담 및 전문가의 도움을 받기

무언가를 잊는 방법

억지로라도 웃자.

웃음의 치유는 대단하다.

그리고 그 사람과 함께 했던
시간은 잊어버리자.

사람에게 상처받은 마음은
다시 따뜻한 사람에게
치유한다.

식어 버린 마음

이제는 더 이상
그 사람을 사랑하지 않을 때,

이제는 더 이상
그 사람과 대화하고 싶지 않을 때,

이제는 더 이상
그 사람이 생각나지 않을 때.

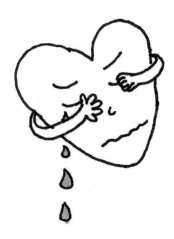

눈물을 참는 법

정말 아끼고 사랑하는 사람을 잃었을 때
그 사람이 나를 배반했을 때
서로의 신뢰가 무너지면서
관계가 끊어져 버릴 때,

너무 가슴이 아파.

가장 아팠던 말

〰〰〰〰〰〰〰〰〰〰〰〰〰〰

미안해,
더 이상 사랑하지 않아.

그동안 고마웠어.

우리 조금만 더 생각할
시간을 갖자….

미안해….

속마음

속마음을 다 털어놓는다고 해서
오해와 관계가 더
좋아지지 않을 때,

속마음을 감춘다고 해서
상대방이 모를 거라
생각할 때,

가식이라는 가면을 벗자.

뭘 해도 외로울 때

남자친구,
혹은 여자친구가 있어도
외로울 때가 가끔 있다.

왜 그럴까?

그 사람에게 준 사랑만큼
받고 싶은 보상 심리 때문일까.

과거, 현재, 미래

과거에 너무 집착하지 말고,
현재 상황에 맞게 말하고
행동하자.

그러면 당신의 미래는
빛이 날 것이다.

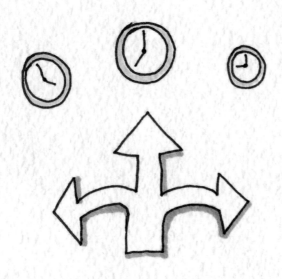

사람은 쉽게 변하지 않는다

〰〰〰〰〰〰〰〰〰〰〰〰〰〰〰〰〰〰〰

사람은 살아오던 환경과
가치관에 의해 평가하기 일쑤다.

"세 살 버릇 여든까지 간다."라는 말처럼
'습관'을 조심하자.

술김에 한 말

술김에 그 사람에 대한
단점과 서러움을
토해내듯 다 말했을 때,

과연 당신은 어떻게
말할 것인가?

사람을 오래 만나 봐야 하는 이유

사람은 겉모습만 보고
판단해서는 안 된다.

사람의 '인성'과 '됨됨이'
그리고 '인품'이 건강한 사람일수록

그 사람의 말과 행동에 배어
나오기 마련이다.

그러니 그 사람의
내면을 보도록 하자.

오해의 관계

나는 그 사람에게
옷, 시계, 신발을
선물했는데

왜 당신은 내가 준 만큼 안 주는 거야?

상대방에게 일방적으로 너무 마음을
많이도 적게도 주지 말고

적당히
마음의 문을 열어 놓자.

현실을 직시하자

과거에는 아프고
잘못된 길을 선택해
고생했었을지라도

지금 현재의 삶에
더 집중해 보도록 하자.

우리 인생은 짧은 것 같지만
꽤 길다.

지금 이 순간에 충실하자

오늘 당신은 시간을 잘 활용해서
살았는가?

인생 주기 그래프를 그려 보고
항상 생각하며

자신에게 고생했다고
다독여 주는 건 어떨까.

Part 3

도대체, 사랑

달콤한 속삭임

사랑이라는 가시

사랑은 핑크빛 장미꽃처럼
아름답고 예쁘지만,

몸에는 **가시**가 있어.
너무 가까이 다가가면

피가 나서 아프다.

짝사랑

아침에 눈 떴을 때 제일 먼저 생각나는 사람,
맛있는 거 먹을 때 같이 먹었으면
좋겠다는 사람,

일할 때 뭐하냐고 카톡을 보낼지 말지
고민하게 만드는 사람,

여행 가서도 그 사람을 위해
선물을 사다 주고 싶은 당신,

늘 함께 있고 싶은 사람

바로, 그런 당신….

사랑의 7단계

I meet you.
I think you.
I like you.
I love you.
I want you.
I need you.
I am you.

좋아해, 사랑해

어떤 사람 또는
존재를 몹시 아끼고

귀중히 여기는 마음

사랑의 유형

J.A.Lee는 사랑의 유형을 6가지로 정의했다.

1. 열정적인 사랑(Eros, 에로스)
   - 육체적 자극이 필요로 하는 사랑

2. 유희적 사랑(Ludus, 루두스)
   - 사랑이 인생에서 차지하는 몫이 크지 않으며 그저 다양한
     상대와의 만남을 즐기는 사랑

3. 친구 같은 사랑(Storge, 스트로게)
   - 열정보다는 친구로서 알게 되는 과정을 더 중요시하는 사랑

4. 소유적인 사랑(Mania, 마니아)
   - 의존성과 질투가 강한 사랑

5. 실용적 사랑(Pragma, 프라그마)
   - 현실적인 사랑

6. 헌신적 사랑(Agape, 아가페)
   - 타인 중심적, 자기 상실적, 무조건적 사랑

호르몬

'사랑', '에로스'의 신
페로몬, 도파민, 노르에피네프린
세로토닌, 옥시토신

첫눈에 반하게 만드는
각성제

'페닐에틸아민'

첫인상

처음 그대를 본 순간,
나는 느꼈어.
서로 긴장을 하고 있어서

음식도 제대로 못 먹고
있다는 걸.

머릿속은 복잡한데
자꾸 웃음이 나.

그대는 말을 더듬거리면서
내게 취미와 좋아하는 음식들을
물어봤었지.

그렇게 조금 첫인상은 부족하더라도
아, 이 사람에 대해 더 알고 싶어진 마음이
생겨 버렸어.

그래, **사랑의 씨앗**이 생긴 거야.

너라는 선물

그대가 좋아하는 음식은
국밥과 중식
항상 국밥충이라고 말하던
그대

끼도 많고 유머 감각도 넘쳐서
노래도 잘 부르고
항상 그대의 말 한마디에
웃음꽃이 늘 피었지.

영화도 같이 보고
화창한 날씨에 소풍도 가고
봄에는 벚꽃
여름에는 바다 드라이브
가을에는 단풍놀이
겨울에는 첫눈 오는 날 설렘

그대를 만나

참, 고마워.
사랑해.

따스한 바람

~~~~~~

우리 잘 이뤄지면
정말 좋겠다.

항상 날씨가 따뜻할 수만은 없지만,
찬 기류가 싫을 만큼
그대를 생각하면 **온화한**
미소가 입가에 한가득이야.

어젯밤 꿈처럼
그대와 함께 있는 시간이
너무 행복해.

시간이 이대로 멈췄으면 좋겠어.

달콤한 입술

온종일 그대 연락만 기다리다가
지쳐 잠이 들곤 해.

그리고 정말 오랜만에 만나
맛있는 음식을 먹고
그대와 함께 웃으며 대화를 하지.

간단히 분위기 있는 와인과
달콤한 치즈와 과일
분위기에 취해 나도 모르게 그대의
입술에 내 입술을 가져가 버려.

그렇게 우리는 뜨거운 밤을 보냈지.
그래서 연인들이 가장 좋아하는 술은
입술인가 봐.

팔베개

내 심장이 터질 것 같아
더는 못 참겠어.

다른 사람은 필요 없어.
오직 한 사람이면 나는 만족해.

그대가 없는 세상이라면 아무 의미가 없어.
그만큼 사랑하고 있나 봐.

뜨거운 영혼을 나누고 묵직한
그대의 팔베개에 나는 스르르
잠이 들곤 해.

서로 같은 체온을 나누며
아침을 맞이하는 기분

너무 상상만으로도 행복해.

웃음이 나

자꾸만 왜 다시 또 물어봐
도대체 무슨 말이 듣고 싶은 건데.

정확히 그대의 표정을
파악할 수가 없어.

하지만, 이것만은 확실해.
그대 생각만 하면 자꾸
웃음이 나.

나도 모르게 자꾸 피식거리며 웃어 버리곤 해.

이제 어떡하면 좋지?

너의 손이 스칠 때

바쁜 하루의 순간순간을
잘 견뎌 내고 그대와의
약속 만남에 어떤 옷을 입고
어떤 신발, 가방을 가지고 갈지!
고민이야.

그리고 핑크빛 옷과 볼 터치를 하고
드디어 그대를 만나러 가는 길

자꾸만 고백은 하고 싶은데
용기가 없어 **서로의 손가락**만
자꾸 스쳐.

어떻게 말해야 할까?

정말 좋아해서 미치겠다고,
정말 좋아한다고….

내 몸이 말을 안 들어

좋아 보여, 오늘 네 기분.
덕분에 내 기분도 너무 들떠서

짧은 웃음 하나에도
종일 그대 연락을 기다려.

그래서 **네 손 꼭 잡고** 같이 있고 싶어.

제발 누가 날 좀 붙잡아 줘.
꿈에서 깨라고 해 줘.

오직 그대 한 사람만 바라볼래.
사랑할래, 아껴 줄래, 지켜 줄래.

말투와 표정

새로운 사람, 흥미가 생기고
서로 눈치채고 있는 타이밍에
용기 내 하는 고백

날 들었다 놨다 하는 고백

이상형과는 달라도
자꾸 끌리는데
어떡하지?

너의 행동 말투나 표정
자꾸 생각나고 끌려.

이런 걱정하는 나는 정말
바보 같아.

달콤한 아침

허브 캐모마일 향기에
왠지 **기분 좋은 꿈**을 꾸듯
하루를 시작해.

아침을 깨워 주는 너의
카톡 메시지
초콜릿보다 더 달콤함
레몬보다 톡 쏘는 이 **짜릿함**

거울 앞에서
콧노래를 부르며
붕 떠오르는 내 마음

너와 키스하는 아침을
맞이해.

핑크빛 꽃잎

그대 생각에 꽤 즐겁고
그대 생각에 훅 외로워.
이상한 일이야.

문득, 보고 싶어 신기하고
신기해서 또 보고 싶어.

이 길이 맞는 길인지
나도 모르겠어.

하지만, 너와 함께라면
무엇이든, 어디든 좋아.

핑크빛 꽃잎의 벚꽃처럼
딸기 라떼가 마시고 싶은 날이야.

100일 반지

가진 게 그리 많지 않아.
어쩌면 많이 부족할지 몰라.

하지만 널 사랑하는 마음
그것만큼은 자신 있어.

비가 오면 너의 우산이 되어 줄게.
힘든 일이 있어도
기쁜 일이 있어도
함께 할게.

꼭 잡은 이 **두 손 커플링**을 맞추며
우린 사랑 다짐을 해.

그래, 무슨 일이 있어도
나는 너의 편이 되어 줄게.

영화표

바그다드 카페

박정현 콘서트

아이유 콘서트

리처드 용재 오닐 콘서트

라보엠 뮤지컬

세 자매

멀티플레이 방에서의 닌텐도 게임

잊지 못할 거야.

난 지금도 생생히 **기억**하고 있어.

너도 그렇니?

어색한 공기

〰〰〰〰〰〰〰〰〰〰〰〰〰〰〰〰

그대와 첫 만남 후,
두 번째 세 번째 만났을 때
막걸리를 좋아하던 너

어색한 냉기만 흐르며
서로의 눈만 바라보네.

그래서 **노트북**으로 **영화**도 보고
분위기를 전환하고자
애를 쓰네.

어휴, 어쩌면 좋을까?

침묵

캄캄한 어둠 속에서
호롱불 하나 비추듯
긴 침묵 속에서
흘러나오는 통화음 소리

서로의 온기는 없고
차디찬 기류만 흐르네.

어찌하면 좋을지,

그대의 가슴에 못을
하나둘씩 박아 버렸네.

예뻤었잖아

그때 난 뭐였어?
난 너에게 어떤 존재였니?

난 진심인데
넌 그랬구나, 그랬어.

좋았었는데, **넌 아니었나 봐.**

그래, 그때 예뻤었지.
콘서트장에 가서 긴 분홍색 원피스를 입고
조개 치즈 구이를 먹었던 날

그래도 이렇게 돼 버린 이상
그냥 얘기할게.

이미 떠나 버린 너의 마음
돌릴 순 없으니.

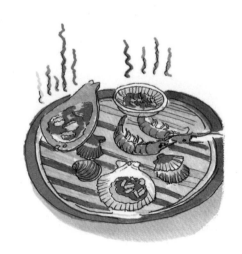

미안하다고 하지 마

제발, 미안하다고 말하지 마.
다시는 나를 아프게도
내 심장을 갈기갈기 **찢지 마**.

너의 말 한마디 한마디에
나는 울고 웃고
수도 없이 변해.

경극처럼
때론, 카멜레온의 보호색처럼.

그렇게 나는 새로운 변화를 맞이해.

오늘은 가지 마

오늘만큼은 내 곁을 떠나지 마.
제발, 가지 마.

내 사람 아니
내 사랑아,
제발 다시는 또
떠나지 말란 말이야.

또다시 **심장이 아파져 오고 있네.**

이제 또 다른 사랑을 시작하기가
너무 무섭고
두렵네.

어두운 눈동자

서로 이별을 통보하고
서로의 얼굴을 바라보며
어두운 눈동자만 보이네.

두 볼이 젖으며 비 내리듯이
천천히 흘러내리는 눈물

그래, 시간이 해결해 주겠지….

Part 4

마음 읽기

따스한 온기

당신과 나의 마음

당신과 나의 마음은
일심동체일 때가 있을까?

그럴 때가 있다면,
아마 서로 뜨겁게
사랑하고 서로 보고 싶을 때겠지.

고마워, 이기적인 나를 아껴 주고
사랑해 줘서…….

당신이라는 존재

당신은 이 세상에
태어나 많은 사람과
인연을 맺고 살아갈 거야.

그중 당신을 사랑하고
아껴 주고 진심으로
다가가지만,

당신을 미워하고
질투하고 망하게 하는
어두운 사람도 있지.

하지만, 당신만큼은 텅 빈 껍데기보다는
아름다운 하얀 진주알이었으면
좋겠어.

나라는 자아

나라는 자아는
참으로 큰 **나무**의 뿌리처럼
단단해.

나에게 주문을 걸어 보는 거야.

나는 할 수 있다.
나는 포기하지 않는다.
나는 이겨낼 수 있다.

그대라는 자아

당신이라는 자아는
겉으로는 약해 보이지만
안에는 아주 단단하면서도
튼튼해.

몸도 정신도 건강해야
그다음 '내가 하고 싶은 일'을 하는 거야.

그러니, 너무 걱정하지 마.

자존감 높이기

나는 할 수 있다.
나는 할 수 있다.
나는 할 수 있다.

이렇게 자신에게
마법의 주문을 걸어 봐!

오늘부터 아니,
지금 이 순간부터 당장 실천하자!

I Can do it !

라포 형성

~~~~~~~~~~~~~~~~~~~~~~~~~~~~~

이제는 가면을 벗고 상대방과 진심으로
대화를 나누고 대해야 해.

그러면 상대방은 그 가면을 벗고
너에게 향하는 마음의 문을
열어 줄 거야.

자, 이제부터 그 빨간 가면을
벗는 연습을 해 보자.

인내심 기르기

상대방이 나에게
언어폭력을 가했어.

하지만, 한 번 정도는
그 사람에게 기회를 주자.

그리고 두 번 세 번
또 똑같이 변함이 없으면

그땐, 솔직하고
당당하게 말하자.

역경을 이겨 내기

무슨 일을 계획하고
실행하는 데 있어
쉬운 일은 없어.

뭐든지 힘든 **역경**을
이겨내고 나와의 싸움에서 견뎌 내야

나 자신이 좀 더 성숙해지고
큰 나무로 성장할 수 있는 거야.

대인관계

～～～～～～～～～～～～～～～～～～～

모든 사람이 너를
사랑할 수는 없는 거야.

지금 현재 너의 주변에
머물러 있고 함께 있는
사람들에게 감사해야 하고
아껴 줘야 하는 거야.

지금 당장
내 곁에 있는 사람들에게 고맙다고
전해 보자.

어른인 척

어린이에서 청소년으로
청소년에서 성인으로
성인에서 중년으로
중년에서 노인으로

이렇게 **나이**를 먹는다고 해서

부모님께 말대꾸하거나
반찬 투정을 하거나
용돈을 더 주라고 하거나
아들딸에게 잔소리하거나.

다 똑같이 10대, 20대, 30대, 40대…가 처음이고
모두 서투른 **어린이**야.

피해야 할 유형

1. 질투심과 경쟁으로 너의 모든 것을
   빼앗아 버리려고 하는 사람

2. 사람을 도구로 생각하고 이용하려는 사람

3. 상대방에게 전혀 배려가 없고 이기적인 사람

4. 대화의 균형을 맞추지 않고 계속 자기 말만
   주장하는 사람

5. 처음 만났을 때부터 끝까지 돈으로만 보고
   계산적인 사람

혼자 있고 싶을 때

가끔, 모든 것을 포기하고
혼자만의 시간을 가지고
싶을 때가 있다.

그럴 때는,
잠시 모든 것을 내려 두고
명상이나 음악을 듣고
마음속으로 여행을 떠나 보자.

긴 여행 속에서 또 다른
소중함을 느끼고 올 수 있으니까.

플라시보 효과

아프다고 해서
무조건 **약**을 먹고

그 약에 의지해서는
안 된다고 생각해.

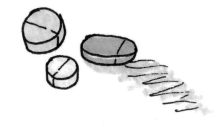

그 약이 효과가
있든 없든 간에

스스로 질문을 던져 보자.
왜 내가 아픈 걸까?

그냥 깊게 말고 가볍게 생각하며
내일을 위해 넘겨 보도록 하자.

진심이 담긴 대화

진심으로 그 사람에게
미안하다고 내가 죽을 죄를
지었다고 했을 때

과연 그 사람은 용서를 쉽게 해 줄까?

어떻게 무슨 말을 해야
나의 진심을 그 사람이
알아줄까?

생각해 보자.

미운 정, 고운 정

아무리 상대가
미워도 어쩌겠는가.

"미운 사람 떡 하나 더 준다."라는
말처럼 나의 적을
만들지 않는 데에 집중하자.

아무리 상대가 좋아도,
어쩌겠는가.

너무 좋지만, 티를 내면 안 된다.

때론, 곰이 아닌 여우처럼 행동하자.

편한 사이

편한 사이라고 해서
아무렇게나 해서는 안 돼.

편한 사이라고 해서
무시해서도 안 돼.

편한 사이라고 해서
질투해서도 안 돼.

내면의 결핍

내면이 아픈 사람은
사람의 말에 상처를 받아
마음의 문을 닫아 버린 사람이고

겉이 아픈 사람 또한
먹이 사슬에 다쳐
마음의 열쇠를 버린 사람이야.

두 마리 토끼

'돈', '명예', '권력'은
정말 중요해.

하지만 당신의 육체와
정신적 건강은?

두 마리 토끼를 다 잡을 수는 없지만
적절히 배분할 수는 있어.

그래 연습을 해 봐.
나도 노력해 볼게.

나만의 비밀

나만의 **비밀**을 다 털어놓는다고 해서
그 사람과의 관계가 더
가까워지고 멀어질 때,

비밀을 다 털어놓는다고 해서
오해가 풀리거나
더 엉켜 버릴 때

차라리 말하지 않는 게
말한 것보다
더 못할 때가 있다.

당신의 생일이 소중한 이유

이 세상에 태어나
막 호흡을 들이마시며
새로운 탄생이
시작되는 순간

캄캄한 동굴 속을 벗어나
세상이라는 밝은 빛을 향해
나오는 순간

당신이라는 존재는
고귀한 우주의 생명과도 같아.

밝은 사람

유난히 밝은 사람은
알고 보면 사람들에게
상처를 많이 받아
웃음으로라도 승화하는 거야.

맞아. 웃음은 뇌를 건강하게 해 주는
효과가 있어.

그래, 지금 당장이라도
사랑하는 사람,

혹은 나를 챙겨 주는 사람을
떠올려 보자.

마음의 청소

마음속의 잡생각들을
쓰레기통에 분리수거해서 버리자.

슬픔, 분노, 경멸, 혐오, 증오….

갈기갈기 찢어 버리는 거야.

그래, 잘했어.

그렇게 하나씩 비우면 돼.

긍정의 힘

긍정의 힘은 정말 대단해.
아직 모르는 사람은
지금이라도 당장 시작해 보는 거야.

그래, 무슨 일이 잘 안 풀릴 때는
다음에는 실수하지 않으면 되는 거고
조금씩 배우고 고치며
성장해 나가는 거지.

처음부터 잘하는 사람은 없어.

노력과 마인드 컨트롤이
인생 성공의 열쇠인걸

잊지 마.

신념의 힘

'신념', '열정', '자신감'
이러한 단어들만
기억하고 나의 것으로
소화해 버리자.

그러면 분명히

너는 **어둠** 속에서도 빛이 날 거야.

희망이 너에게

희망이라는 녀석이
너에게 말을 걸어와.

"괜찮아, 너무 걱정하지 마."
"다 잘될 거야."
"오늘 하루도 수고했어."

당신의 마음속으로 떠나는 여행

1판 1쇄 발행 2021년 8월 13일

저 자 최혜원
교 정 윤혜원
편 집 문서아

펴낸곳 하움출판사
펴낸이 문현광

주소 전라북도 군산시 수송로 315 하움출판사
이메일 haum1000@naver.com 홈페이지 haum.kr

ISBN 979-11-6440-814-6(00800)

좋은 책을 만들겠습니다.
하움출판사는 독자 여러분의 의견에 항상 귀 기울이고 있습니다.